スパイダースクロール

山口 弘之
Hiroyuki Yamaguchi

文芸社

スパイダー　スクロール　＊　もくじ

風の伝言

広い宇宙に
宇宙の風に流されて漂う一枚の紙切れ
永遠のはずだった生命の終わりが近づき
伝言は地球へと漂着した
たとえ書かれてあった文字が
宇宙語だったとしても
心は通じるものだ
広い宇宙に
風の伝言が
言葉を失った星の海にも届くはずだ

安全圏

ここにいたまえ
安全だから
けして外に出てはいけない
ここにいれば
危険はやがて去っていく
安全圏を広げよう
拡大する安全圏の中で
やがて危険区域も生まれるものだ

手荷物のない男

手ぶらで
男はいた
注意した
手荷物を
あずけた
風のない
日だった

複数の証言

あの人は
A出口から出て来た
と言う人が複数いた
D出口から出て来た
と言う人が一人いた
その人物は
あの人の
特別な関係の人であったので
D出口から出て来た
という証言は
疑われた
複数の証言により
あの人は
奈落の底へ落ちていった

白い人工の海の島の人間

点検はすでに終わった
稼働出来る状態に入っていた
白い人工の海の島の人間を
救うべく活動を開始しようとしたそのときであった
白い船舶は沈没をはじめた
あやうい海の気候の中で
また新しいサルベージ船は
稼働出来る状態に入っていた
白い人工の海の島の人間を救え
白い人工の海の島の人間より

チャレンジボーイ

なんにでも挑戦してみることは
よいことである
さまざまな世界が君を待っているのだ
誰もそれを止めることはできない
誰もそれを拒否することはできない
この自由社会で
チャレンジボーイこそ
未来を背負って立つ代表なのだ

雲図鑑

私は
何枚もの
雲図鑑の雲を調べたが
ひょっとこ雲については
記載されてなかった

私は
ひょっとこ雲が
雲として
認定されてないのに驚きかつ不思議に思った

雲図鑑を閉じた

二人の契約

契約違反
罰金三千万円
二人の契約は解消された
契約書をよく読んでみると
不可思議な項目があった
――汝　あらたなる契約のために
　　　努力する必要を認める

風に傾いた道標

すべるように斜面をかけおりた
道標は傾いて
風の方角を向いていた
この方角に行けばいいのだな
さそわれるままに
丘を上り丘を下り
草をかきわけ草をちぎり
花束を結び花束をかかげ

黒い雲を
風で追いはらい
悪い行為を
間近でながめ
神と仏の裁きを裏で支えて報酬をもらい
風の便りに昼寝から目覚めた

自由号のクルーズたち

宇宙船は
飛び続けた
空があるかぎり
飛び続けた
自由号のクルーズたちの
果てしない夢がさめるまで

逸《へ》見《み》道《みち》韮《きゅう》葉《よう》城《じょう》 搦手門敷石物語

その昔
甲斐の国に
新しい城がつくられた
ひと冬を過ごしただけの城であった
秘密の人物は
冬が来るたびに雪かきをした
人知れず雪は降り積もった

回転扉

回転扉を入った
出る人がいた
そのまま外へ出て
——新田クン　この手紙も一緒に出してくれたまえ　と言った
——ハイ　課長

回転扉を入った
また出る人がいた
そのままつられて外へ出た
——外山クン　この件は　おだやかにね　と言った
——ハイ　課長

回転扉を入った
……………

その日は一日中回転扉の場所で仕事をしていた

雨の日のデート

わたくしはかねてから
彼女は水女だと聞いていたので
雨の日にデートに誘ってみた
生き生きとした彼女の表情は
水女にふさわしい風情であった
わたくしはためしに
雨のしずくをレインコートにかけた
しずくははじけてしまった
傘を奪い取り
一つの傘にしてしまった
水女の彼女がうれしそうにはしゃぎだした
いよいよその正体をあらわす時がきたと感じた

雨をさけて
静かな公園の軒先で

たった一度きりの
かえでの葉をちぎった
深い思い出となった
その後の水女の消息は知らぬ
わたくしは月島で月を眺めたことはないぞ

思案橋

ここまでくれば
思案橋
もどるにもどれぬ思案橋
川の流れに身を清め
いっそそなたの腕の中

ここをすぎれば
第二思案橋
休むにちょうどよい思案橋
かくれてしまう家の屋根
ここをすぎれば見えぬはず

ああ足が痛い
思案橋大橋
長い長いぞ現代建築

川は大きく迂回して
私はさらに小橋へ向かった

静かに眠れ小鳥のように

海に
狂う
貝殻
巻貝になる

星は
光る
羅針盤の
重さに
船は揺れる

風は
待てず
手こぎのスピードが
波を越えて――

夢は
幻と同じ
大地に立つかげろう

傷をおいつつ
北へ逃げる
悪化した傷口より
浅い谷はない

十字架の墓に眠る
薄い雲が多い

海が
狂う
貝殻
巻貝になった

猛火

地球が猛火に包まれる
壁が溶ける
骨組みが露出する
完全なる猛火
灰も燃え尽きる

白い雪の町より

しんしんと
雪が落ちて
町は
静まり返り
長話をきりあげて
帰りをいそぐ
足をとられすべり
坂道を下る
誰か止めてくれと叫ぶ
しかし雪がしんしんと落ちているだけだ
冷たい金属の肌のような雪道のわたしが
このまま雪だるまになったとしても
春はやってくるであろう

裏地の模様

世界地図の
裏地の模様は
いやだといっていたのに
いつのまにか気にならなくなってしまった
アトランティス大陸と
幻のムー大陸が描かれているものだ

野菜スープを飲みながら

考え事をしていたのに
ジミーは
楽しそうな顔をしていた
解決しない問題をかかえていたのに
ジミーは
気楽な表情で野菜スープを飲みながら
時おりふくよかな頬になったりした

季節の終わり

気候がかわり
街は人の姿が少なくなった
草の丘から帰って来た人が
ガムの残りをポケットから出して
封筒のなかに入れた
何をしているのだろう――と思っていた
迎えの人が無言でドアを開けた
私は逃げ出したい衝動にかられたが――はっきりと――ありがとう――と
言う事が出来た

坂道を下って行くと
彼がいたが知らんぷりしていた
彼は気づいていた

もう終わったのだそれでよいのだと思った

草の沢の細い道で馬に乗っていた透明な風の中の白い妖精は私ではない
野花をよけて自転車を倒した荒い呼吸が落ち着いた頃に
遠い山並みはすべて枯れ葉に変わってしまっていたのだ

宇宙よりも深い空間があるとしたならば
答えは一つであろう
後悔の横顔
真面目なあなたはいくらでも夢中になって人生を築き上げていたね
空は青く雲の向こうに
若者達の静かな情熱を奪い取ろうとしていた

走り去るライトの明かり

過去を捨てる必要を感じる
求めていたのは未来のような気がする
走り去るライトの明かり

季節風の来襲

空を持ち上げていた
気圧が減少したので
その隙間をぬって
ついに季節風が来襲した

暴風雨をともなった
二日間の初陣は
人々に恐怖の念を与えていた
その後季節風はおだやかになり
いつもの年のような
道筋をたどるようになった

いつか見た青い空は
平面的な画布に塗られた塗料を水で流し
白い綿の雲と

新しい筆による細工がほどこされた
季節風はさらっと
そんな上層の区域を
回転していたのにすぎなかった

七色のベルが鳴る駅

マロニエの小径
アカシアの香り
平原のかたすみの赤い屋根の小屋

腰をうかす　乗馬の人
座席で中腰の紳士
特急ライラックの線路からはなれる
男達の宴が今幕を閉じた
さよならだ　さよならだよ
ほろ酔い気分のままに
ＫＩＹＯＳＡＴＯのライラックを思い起こす一人の男もいた

平原の彼方に朝日がのぼり
赤い屋根に光があたり
よろめく姿の鹿の脱走開始

海岸まで走れる鹿は足を洗うだろう

名の知らぬ花が咲く平原
幹を伸ばし続けていた木の無数に直立する地上の喜び

人生の夢をつかみそこねた人が
木のてっぺんで星をつかめないように
何故かやさしい人ばかりの
特急ライラックの乗客

最後の駅が近づいてきた
語り出す人々
沈黙する人々
私は後ろから窓の外を歩く鹿の姿を確認してから降りた
そのとき風の匂いを感じた
待つ人のいないこの大地の大通りへ
少しも笑うことなくさまよいでた

反射する光

楽勝のテニスコート
空はテニスブルー
風はホワイトビーム
得点は奇数から偶数から……
こんなに苦労したって
カップは青ざめたしゃれこうべ
指しゃぶる大人達よ
真面目に観戦しているなんて
おおなんという力の入る集中力
サーブカーブスピン回転
砕け散る真昼の太陽よ
火星よりすごい惑星があるなんて
見上げる星座のライトライトそしてライト
光より光らしい快感の衝撃に沈むテニスコート
苦戦敗退元気出せ友よ知人よ

赤の他人なのに肩をたたく気楽さ
その気持ちのままに
楽勝のテニスコート
空はテニスブルー
海はブルーにクロールターン
陸をあきもせずながめていた魚のヒラメワトソン
波がチャプチャプ
砂浜で戯れていた

お別れの言葉

……いつまでもせつない気持ちで涙を流していられません
あなたは言いました
道は曲がるものだと
分かれ道が心を迷わすものだと
この長い手紙の終わりに
心の整理のつかない乱れた文字が躍り出して
消えかかる頃夜空の星も明るむ朝の光の中で
夢の中へ帰るのでしょうね
マッテ……マッテ……
何度つぶやいたことでしょう
しかし残酷な運命は二度と翼をひろげない鳥のように
ただ枝の上でさえずるだけでしょう
お別れの手紙を涙で書いたひどい女より
もっとひどいS・Kへ……Vより

銀河に溺れて

わたしは
銀河に
二、三度溺れたことがあった

流されて
水を飲み
苦しくなりあきらめかけたとき
助けられたが
銀河は激しくくだっていったのだ

銀河に橋をかけることなどは
無謀だと
彼らはいっていたが
それならばいったいどうして渡ればいいのだろうか

美しい裏側では
濁流の巻き込む激しい情熱があった
疲れた者にとって
どうでもいいような身を任す銀河のさざ波

新詩篇

ソニアは
もうこれまでだと思った
ラビアンローズは
負けてはいけないと感じた
棘の攻撃を開始した
しかしついに摘み取られてしまった
あわれな敗者となれば
同情が集まると思っていた
ところが世間はきびしいものであったのだ
新詩篇の一篇は
勝者に捧げられたのだった

爪跡

髪の毛に爪跡が何本も残った
こうしていればいつか乾くと思った
無駄なことはしたくないと思った

静かな村の生活

小鳥の声
たまに乗り物の音
静かな村の生活に
魚の声を近くで聞くなんて

感嘆符

おお　すばらしい！
わおっ　ぎあまんてらーず！
感嘆符があちらこちらで上がった
音符になるまでにはあと一歩のところであった

昼の月

薄い雲
薄い空
薄い月

大都会の緻密な生活習慣
自然の奥の人間の緻密な生活習慣
昼の月が移動して行き
衛星がまたひとつ闇に向かう
手軽な食事に時は午後の下り坂へ
落ちてゆく月と時計の短針
その日は夜の月が出没したが
誰も二つある月については注意が届かない
あの昼の月は
巨大未確認飛行物体だったのか?

薄い雲
薄い空
薄い月

存在の証し

説明不足と思われるかもしれないが
彼はここで暮らしていたのだ
影もかたちも無くなってしまったが
彼の存在の証しとして
座布団が一枚あったのだ
生活感漂う物であるが
これ以上説明しても
彼が帰って来るわけでもなさそうなので
この座布団は証拠品として持っていくのだ
空白を埋めてくれるものはもう他にはない
ここに暮らしていた人物は
そうとう疲れていたのだろうね

怒れる龍

雲上の龍
大気をすべる
想像の主《ぬし》
あくまでも堂々と
蛇の突然変異説
爬虫類のばけもの説
昔話の脇役から
神話のかたき役から
童話のヒーロー役から
数々の役をこなしてきた
怒れる龍よ
まだ力があまっているならば
美しい炎を燃やして
サラダ畑からのぼる水蒸気とともに
この人口百万都市の

迷路の風になっておくれ

豊かなる町の暮らし

パイナップルジュースを飲んでいたとき
携帯電話の着信メロディーがなった
変奏曲第六番ニ短調作品61
重々しく受け答えする人物こそ
さかき通り商店街の異端児旗屋の米蔵《よねぞう》であった
……それは前も申した通りで候《そうろう》
……だから前にも申した通りで候《そうろう》
……いかにもそのような真似事はしたかもしれませぬが
パチンと携帯電話をたたみ
米蔵《よねぞう》はふらりと横丁の薄暗い路地へ隠れた
空《あき》缶のカランと捨てる音がする
そこら中の真実の住人達が目くばせをする
花屋のさよりはあとを追う　何故かサンダルを鼻緒の下駄にはきかえていた
魚屋の店頭のタコが踊り始めた　いわゆるタコ踊りであった
誰も気づきはしないのだ誰も気づきはしないのだ

銭湯から出てきた白肌のお菊姉さんが
前を行く鉄治の肩の錆をはらっていたっけ――

光の溢れ出る泉

その泉からは
生命の素《もと》となる
細菌やウイルスやバクテリアや小さな物質が生まれるのだった
これらがやがて肉体を持ち細胞を増やし
さまざまな機能を発達させ
目に見える生命体になっていくのであった

生命の泉は
単純な泉であった
泉で水あびをする子供たちがいたのだった
乙女たちが楽しい会話をかわしていたのであった
天国のような夢の世界なのであった
こうして世界は誕生したのであった
カァット！

草の城

初夏のある日
草は伸びだし
城全体を包み
過去の憂愁を
鮮やかな草色に塗りつくした

さまよう小さな蛇は
からだをくねらせ地面を逃げた
とかげだったのかもしれない
雨でぬれた人気《ひとけ》のない場所に
傘をさした男の決断により
その草の城は
ひっそりと永遠に
亡骸《なきがら》を土に返した

海に沈んだ大陸

いつの頃からか
海に沈んだ大陸の噂が広まり
海底の古代遺跡が撮影され
真実味をおびてきた風潮のなかで
海底探査船Ⅸ号がついに
すばらしい大発見をしてしまったのだった

□□×▲
○○◇◆
▲■

解読された海に沈んだ大陸の
なつかしい古代都市の様子が甦ってきた
波打ち際の人々の目もくらむような巨大太陽の落下の夕暮れ
大漁の船がもどる港の石の岸壁

下からつつかれて昇り出す黄金色の満月
新しいスポーツに熱狂する人達
突然裸になってしまった意味のないファッションショー
くだけた笑い顔の都市の研究者
空飛ぶ乗り物について
鳥の羽根の形を模倣する四十三歳の男子
聞かないふりをしていた平凡な給仕
あご鬚をなでまわしていた老人と孫

創始篇

正直者が
一度だけうそをついた
心の負担が大き過ぎたからであった
ただそれだけのことであった

宿命

不安をかかえながら
出発した
原野にさしかかった
魔物が手まねきした
「君と心を入れかえてほしい」
あっというまにそのとおりになってしまった
帰って来たのは別人であった
日はスピードをあげて
宿命の曜日を土曜日へとストップさせた
「明日《あす》は日曜日なのだ」
「明後日《あさって》は月曜日なのだ」

宇宙のかけら

わたしは
宇宙のかけらを拾った
本物だ
隕石だ
ポケットから出すぞ
どうだ　どうだ

わたしは
宇宙のかけらを拾った
本物だ
隕石だ
ポケットから出すぞ

高原列車の旅

まちがいなく　02分には着くと　言っていた
そのとおり　駅にやってきた
03分に　発車していってしまった
この山は　死火山なのに
空一面に　噴煙が漂い
よく見ると　雲に似ていたが……

古い駅舎が　新しくなった
林の中より　小動物達が手を振っていた
樹海に沈む落ち葉　波が立ちざわめく葉っぱ
交流試合は互角だったのに……

山へ登る登山電車は　あえぐ　畑のレタスは食卓へあがる
牛の角に　トンボもとまり
短い夏が　心を落ち着かせない

風よ　秋風になるまえに
高原列車を追い越すことなかれ
窓に浮かぶ標的
心を射ぬいたのは　踏切に立っていた人

その夏に　知ったのは　02分に着いた　遊び仲間
別れ話の　巣立ちの狐の親子
まちがいなく　02分には着くと　言っていた

青い地球の光

青い地球の光を見て育った私は
空が憎い
瞳がまぶしい
K21惑星の天体ショーは
青い地球の光から始まるのだ
空が憎い

青い旅団

わたしは　青い旅団の　メンバーの一員と会った
地球を守るために　働きたいといっていた
すべては　地球のために　と
そうした決意は　たのもしいと感じた
青い旅団の　青い桔梗のマークは
ほこりにまみれていた

草を刈る人々

草を刈れ　草を刈れ
草を刈れ　草を刈れ
アッ　可愛い花だ！
草を刈れ　草を刈れ
草を刈れ　草を刈れ
アアッ　神秘のブタナズナ

レモン色の月

てやんでえ　レモン色の月なんて……
どこの詩人か知らねえけれど
すっぱいじゃあねえか
そろそろ酔いもさめてきました
レモン色の月か……

東林山ＨＯＤＯＧＩ滞在記

三重の塔は
近くに
五重の塔ができたのに
ひっそりと
たっていた
みんな五重の塔ばかりへ向かうようになり
三重の塔へ向かう道は
いつしか草が生い茂り
玉砂利も汚れ
忘れ去られた感があった
あるとき
ひとりの僧侶が立ち寄った
三重の塔を仰ぐと
——これいかに　背の低さは　尋常ではない　これいかに
ととぼけたことを言い出した

三重の塔を囲む林はざわめき
ざわざわ　ざわざわ　と
寂し気に　仰ぎ見る僧侶の背中をなでた
五重の塔より鳩がまい
三重の塔の上にとまった
僧侶は塔を一周すると
手をならして鳩をおった

近い山

雨上がり
何故か
山が近い
手を伸ばせば
届きそうなほどに
木々もくっきりと濡れている
山が近い
もともと近くにあった山々

前衛の山々

南アルプスにて
高度計の針のしるしが揺れる
大音響とともに
地鳴りとともに
山が揺れた
私は足をすべらし転倒したのだ
くだりの坂道は要注意であった
団体登山はゆっくりと進むが
人々の吐息は甘くせつない
ただ一生を眺め続けてきた家の柱だって
森林に立つ一本の木だって
片手で触れて通り過ぎるだけだ
櫛形の山と
日向の山と
甘利の山と

入笠の山と
七面の山と
前衛の山々の連なりが
おおいかぶさるように影を伸ばした主峰の両手にとらえられた
自由を満喫して人々は
空の一点の星となってしまった

北八ヶ岳

八ヶ岳は
南北に長い
そろえた登山靴は
川に流された

八ヶ岳は
南北に長い
流された登山靴は
登山者がひろった

八ヶ岳は
南北に長い
夏の北八ヶ岳には
登山靴がほされていた

巨麻《こま》新百景・ゴミの復讐編

巨麻地方より
けむりが立ちのぼる
昔から変わりない自然の風景
新百景を描く人に
ためらいがあり
日々動きつづける
人工の歯車が
かみつく

拘束日記

不自由な生活が
はや二十数年
拘束日記も白紙が多くなっていった
いつか忘れ去られたのだった

青い草

青い草の中に
小さな花も咲き
野原一面に
波うつ風がすぎた
一本の木は
つまらなそうに
身をくねらせた

風を待つ日々

いつの日か
風にさらわれ
雲に乗り
目をまわし
ふたたび
この地に
もどらん

ページをめくる風

空の彼方から　やって来た　青い風は
求めていた　ページをみつけ　ペラペラと
めくる　めくる　……めくる……

青い空に　浮かぶ雲が　笑う
……そこは　ちがう……

雨は　涙となり　大地を潤し
予想外の　展開に　風は　とまどい……

人が　帰る
ページを　元に　もどし　真剣な
表情に変わる

青空は　かげる

夜を　むかえる
求めるページを　さがすのは　風
その風に
人々の　むくいが　にらみつける

静思集

古典文学全集の中に
私は『静思集』という一冊を見つけた
あたりまえのことが書いてあった
私は奇妙な思いにとらわれていた
この国の歴史の重さを感じた
その重みにたえきれず『静思集』は動き出した

感想

茶摘みの頃
茶畑では
お茶っ葉娘と
玉露姫と
やぶ北仙人などが
働いていた

ぎこちない避暑の人

都会の嵐を背に受け
涼風の吹く日々のカレンダーをめくり
いっけんの林の中の棲家へ着いた

住人は
ぎこちなく　あいさつをかわし
わたしの背後の　揺れているシッポを気にしていた
わたしは　シッポをたたんだ

都会で見た花が　そこでは今頃咲いていたが
温暖化地球は　避暑地など消し去り
ゆるやかな破滅の世界を　迎えようとしている

ぎこちないその人のために
無口なはずのわたしは

口数の多い　動物よりも吠えまくり
ぎこちないその人は
あるはずもない　幻の荒野の　化石の真似をする――

雨をさけた夏

どしゃぶりの雨
呼吸もできないくらいの雨
押し倒されてずぶぬれになった雨
そのまま海を泳いでいた夏

田植え

田植えの始まりをつげる水星の接近
水平線はいたるところに出現し
水中生物達の繁栄は人々の知るところとなる

雑草

雑草の勢力は
大地をおおいつくし
名のある枯れ葉は腐葉土となった
人は去った
そして大地は　緑に感情を与えた

強化プラスチック

ニワトリのお告げの声
カラスのあくびの変な音
燕がぶつぶつ独り言をつぶやいて
大自然の朝焼けはエピローグに似ていた

時計などという魔物が
舌を出していた――起きねば――
凛とした顔が洗面台の鏡に映り
立派な態度をした人物の登場であった

裾野の街は
斜めから眺めるにかぎる
ちょっと顔をかたむけた仕草など美しく感ずる
そう思い込むのだ――そうだ

ひからびていく道路上の物質
活動を再開する二、三失敗をくり返す裾野の人たち
太陽のライトはしだいに強烈になって
主役のミス金剛は
厚化粧を気にしないのだ

背景の人

背景の人がじゃまなので
どいてくれるように指示をした
ところがいつのまにかまわりこんで
突然カメラの前に
　　　　　顔をつっこんできた
ピースサインだけはしないでくれよ
おりたたまれたモデルはピースサインをしていた

理解者

およびごしの彼は
何度も失敗をくりかえした
もうものにはならないのではないかと思われた
しかし彼のよき理解者であった
粉太郎が
彼に粉をまぶすと
みちがえるように彼の実力は上がり
こうして　理解者がいたおかげで
粉もち　は　出来上がったのである

どこまでも続く坂道

一直線に　光に乗って
山々が浮き上がってきた

妙高のかたちが　北方に立つ
日本海のさざ波が　むこうに隠れていたが
高原の小山からは　太平洋の音が
ザワザワと近づく気配

空からの坂道の上り下り
途中で青磁色の小鳥の卵のある巣をみつけ
いかさまばかりしていた狐が立つ

記憶が断片に風に舞って行く

もうよそうよ　コンクリートの道を歩くのは

こんな非現実的な　世界観は
標高一千メートル以上の浮気心さ

ピンチを救済した　一人の匿名の愛称スペシャリストは
空に続く坂道をめざして
今日も底からはいあがって来るだろう
たった一つの願いのために

冬のスポーツ

山頂より　滑り下るスキーは
樹木を　なぎ倒していく
かなり強引な　冒険心に満ちた吹雪の次郎

いくら大切にしていた　思い出だからといっても
色褪せてゆくのが　人生のさだめだからと
下手くそに笑っていた　もう一度笑い出した

冬の朝の事　溶け出していた氷の結晶の中から新しい生命が　無駄な若さの
ポーズをきめ　被写体の絵画館は
僕らの落書きよりも　成功していたのだ
汝らのために　祈る朝はつらい　つらすぎる
寒いだけの指の先　枝の雪をはらえ

押さえていたバネがはじけとぶ　エイプリルフールに
ロッカーの清掃をしていたのは　かなり気の早い人
行くてをふさぐ　熱波の赤い炎の垣根を　黒こげの肉のかたまりが
はずんで　とんだ

汗に光る額は　雑踏のなかでも目立つから
現代社会の歯車を押して　働き続ける
人生の王族集団たちは　武器を持たず
雑踏の流れに　川の蛇行を生み出していた

深い緑色に　森は　成長し
夏の直射日光が　海で遊んでいる頃に
暴徒の　恵まれた　囲いの中での休日は
汚れた手を洗う　仲間たちの海水に
さらわれていった

そして再び　愛は消えていったが
残された毛糸の帽子と　あのぬいぐるみは

雪にうずもれて　春を待ちつづけた
吹雪の次郎は　雨粒をさけて　疾走した
姿をかえていく　孤独な仲間たち
地上にとどくまでに　季節はすぎた

田園を行く

平面に並べられた
田園を行く

きつくしばられた
ひもの絆は
肉体をいためる
それでもがまんして
田園を行く

あちらこちらの
林の暗い夜道より
田園の明るさにつられ
絆は蛇に化身し
うねり　のたうつ

あびせられる悪口に
かなりこたえてきた
田園を行く
快楽の皮をかぶった
リンゴ

たずな物語

白雲城あやうし
まことに不安な世の常
枕詞に
後頭部の枕　ということばがあるごとし
しかし枕を低くしても眠る者はあとをたたず
されど　あの　白雲城
美しきがゆえに　また　堅固なる砦
こうして長き合戦は数年にわたり
勝敗はつかぬ
たずな持つ手も　花を持つ指も

推理

熱にうなされて
熱気球に乗った
風に誘われて
彼女も誘って乗った
流されて無人島に着いたので
浜辺の海流に最後の一枚の名刺を流した
この名刺を北島の港で
白身の魚が口にくわえて泳いでいたそうだ
網ですくい上げた刑事（自称）が
推理した結果
探偵は沖のイカ釣り船の上で
墨をすっていたのだ！

人材発掘

木の下から
きのこを取ってくる
さかさまにすると
コマになる

潮流

潮流にのって
外海にでる
広く明るく
なんでもありそうな気がした

潮流にのって
内海にもどり
うわさのとおりに
貝殻を拾う

折れた矢印

その頃
曲がった矢印に従い
古代帝国の宮殿跡を探検していたのだ
やがて　折れた矢印
わたしたちはひきかえしたのだ
水筒の水をごくりと飲み
過去のさまざまなしゃれこうべにみとれ
暖かい風に心をふくらませ
歴史の階段の修理を終えた
折れた矢印
ふたたびみつけた
わたしたちはひきかえしたのだ
荷物は資料集めの努力がむくわれて
重くなったが
心の負担は　冷たい風より　凍りついた

そうして歴史の稲妻が墓場を掘りおこし
人類のあばかれた失敗作が
ピラミッドよりも高く
空をおおう――――

――雲の中に
夢は浮かび
はるか地上の人々の夜の生活へ埋没する
不思議な顔をしていたミイラの患者を
医師はていねいに診察し
包帯は巻き戻されて
静かに折れた矢印の先に
わたしたちの生活が見えかくれした
好きな歌は――まちがいもそのままに　二番へ

切符

足音をしのばせて　風は近づく
よい子は悪い子に　自分の切符をやった
そのせいで悪い子に革命が起こり　十月革命
暴徒は整列し　合唱隊
足音をしのばせて　風は近づき
本気になって　去って行った

キャベツ殺人事件

キャベツで
頭をなぐられた人が息を引きとった
キャベツ殺人事件が
キッチンで発生し
キャベツが食べられてしまったので
事件は複雑な
キャベツ殺人事件へと発展し
キャベツでなぐられた人が息をふきかえしたので
キャベツ殺人事件捜査本部は
キャベツの大盛りを注文した

レタスで……
白菜で……

CM撮影

ピンタには　ピンタ
バックドロップには　バックドロップ
五速には　AT車
セカンドには　レフト
勝利投手には　花束の輪ゴム

星の海へ

星の海へ
船出する宇宙船は
いたずらに
加速を続け
冬の港へ漂着した
　香りのない花々が出迎えた
わたしにとって旅は季節をとわず罪なき人たちとの再会を楽しむ
あのゆめゆび姫が片手を上げて
いや　片足を上げて
スケートを湖でしていた
星の海へ　星の海へ
春の港に入り
　数多くの驚く人たちを眺めた
　無理もなかった

宇宙船は冬眠中の恐竜を
甲板で裸にしていたのだ
星の海へ　星の海へ
夏の港に密入国するつもりだ
花火大会の夜に
華々しく入港してしまった
夏に追われた人と息を切らせ水をのむ
この星も深いまばたきを忘れていた

秋の港に漂着した
人はみな下を向いて歩いている
何故上を向いてくれないのだ
わたしは再会の旅に来ただけなのに
人々の思いは
それ以上の豊かな笑顔をわたしに求めた

下降線

ヘルプは下降線をたどり続けていた
たまに上昇線にひっかかることもあったが
すでに勢いはとまらず
どんどん下降線をたどりつづけていた
底にぶつかった
はねかえった
上昇をはじめる
ヘルプは上昇線の彼方へ飛び去ったのだった

一葉

見合い用の修正写真なんて
だまされた方もだまされた方なのに
実像は闇の中でひっそりと
竹取物語のかぐや姫のように
光り出す

四つ葉を三つ葉にした
怒り

梅雨の晴れ間

時間は刻々とかわり
雲はひたひたと流れた

梅雨の時期の晴れ間が
いっぱいの乾燥した
地面を
広げた

六月も終わりに近い
今週も週末の
金曜日
梅雨の晴れ間にのぞいた宇宙
一度に洗濯物が
おりかさなって
たたまれた

むこうみずなことだ
天と地の境目で
何が起こっているのだ
比類なき　アイボリーの下着と上着
落下傘はまだ
雨雲の上

詩情

ポンタは　一人旅に出た
誘惑顔の町角のセダンに
悪口を言われた　そんなポンタは
セダンの家でやっかいになってしまった
ポンタは　一人旅に出た
にぎやかなサルスベリの花が
頭の上で咲いていたっけ
春だった　詩情を求めて
ポンタは　頭上を見上げた
にぎやかなサルスベリの花が
頭の上で咲いていたっけ
ポンタは　一人旅に出た
幸せな春の風が　吹いていた

亭主達者で留守がよい

探偵は　三日家を留守にした
秘密の仕事が入り　努力したのだ
探偵の私生活には　不備があり
語るも涙　ごまかすのも涙なのでよくわからない
四日目家へ帰った時　とまどったそうだ
見知らぬ人が　なれなれしかったからだ

飛行訓練

自分はこの地球へ来るために
飛行訓練を行ったのである
血の出るような訓練のおかげで
みなさんの地球へやってこられたのである
自分の乗っていた宇宙船は
古い型の船であったので
わざわざ無駄なような一匹の動物にも似た
さまざまな格好のおもしろい訓練も行った
じつはその型の船しか基地にはその日なかったのだ
自分は貧乏くじを引いていたようなものであったのだ
しかしそこまでしてその日出発しなければならぬ
という深い事情があった
さめた頭で考えてみるとまことに馬鹿らしい
しかしそういう場面も時には人にはあるらしいのだ
砂糖が足りないので　塩を使う紅茶タイムなど

自分はこうとしか言えない
飛行訓練は自分の地球への冒険の旅の試練であった

こまめにチェック

こまめにチェック
神経をつかう
こまめにチェック
チェックにこまめ

こまめにチェック
手足をつかう
こまめにチェック
チェックにこまめ

柱時計の怪

その古い屋敷の大広間の
柱時計には
妙な伝説があった
ちょうど夜の二時になると
一気に
三時になってしまう——というものであった
探偵は調べた
驚いた
曇ったガラスをふいて帰ってきたそうだ
柱時計の怪は
恐怖から　畏怖へ
さらに尊敬へ　服従へと
人間達への告白の甘い罠をしかけた

雨の街に消えて

どこまでものびる若芽の緑
坂道の途中の工事現場の地球の裂け目
赤い内臓が露出し
グロテスクな物体の
マグマに踊らされている動きが見えた
作業員の手術は朝より始まり
すでに長時間の
孤独な　殉教者の　礼拝は
汗水がしぶきを上げて激流をくだった
こんな時は
いつでも大地は雨の粒にうたれ　傾き
宗教的退廃のなかで
祈りは　情熱に燃えた
雨の街に君の姿があらわれた時
信仰の聖域に

消えていく
緑の若芽は
つみとられたのだ

二十一世紀

二十一世紀の看板を掲げる
目立つように掲げる
ライオンがジャンプしても届かない
安全な屋根の上に掲げる
これからは人類の試練の世紀なので
世界中の国家の旗を
美しくモザイク模様に敷きつめる
二十一世紀はもう輝き始めている
二十一世紀は僕らの時代だ
僕らの時代なのだ

鉄を探す磁石

すいついてくる　鉄の惑星
磁石は　鉄の惑星を
すいつけた
もう絶対はなすものか
死んでもはなすものか
すいついてくる　鉄の惑星
微妙なバランス　円軌道楕円軌道
すいついてくる　鉄の惑星
すいついてくる　鉄の惑星

助手席

助手席の彼は
居眠りをしていた

助手席の彼女は
指の爪をみつめていた

助手席の宇宙人は
階段に驚いていた

助手席の幽霊よ
そんなに腰を浮かして
ミクロネシア諸島を
さがさないでくれ

助手席の地球人は

ワイパーについて語った

宇宙試合

宇宙に　数々　星はあれど
宇宙試合の　ベスト8に　残った
地球チームは　立派で　あった
これで　銀河の女神も　安心である
結果をみずに　帰った

潮風

波高く
水平線をゆらし
鳥は風に乗って
潮風に
昔の風景が
流されていった
町の家々は
海へ海へと

思考するサルへ

いくら考えても
この問題は解決出来まい
思考するサルよ
バナナの木の下で
空をさがしていたね

世《せ》間《けん》皺《しわ》寄《よせ》波《なみ》被《かぶり》節《ぶし》

大人げない
素振り
真実は
そんなものだ

なれそめ

よそみをしていて
前の人にぶつかってしまい
鼻血を出す
くいつきの悪い魚のようだと
前の人に言われる
そんな　あなた

地を這う生活

わたくしなど
地を這う生活すでに三十年
そろそろ背筋を伸ばし
きりっと立ち上がり
軽快に足先をはねあげて
地を蹴って生活したい　と思う
願いだけでは世間は許さず
地を這う姿に
恐怖感から逃げ出すことも忘れ
立ちつくす者もいる
地を這う生活など
苦しみのみで
会って話をする時などとてもくすぐったい

信念

信念をつらぬく
人生で大切なことだ
他人の言葉にふりまわされず
自分の信じる道を進む
その気持ちがいつか
弱気になっても
道なかばでたおれたとしても
信念のあるかぎり
希望の岬は
太平洋へ導く
船を

星の嘆き

星の嘆きを集める
人の嘆きに　酷似している
酒をすすめる
あばれる星は　少ない
ため息もまた　出やしない
星の嘆きを集めた――
狂った　貧乏神は
幸せになったという
そんなものだ

星の嘆きを集める
今宵もまた宇宙航路へ
旅立つ

星の嘆きを集める

リングサイドでは興奮した人が
陣とり合戦をはじめる
下手な芝居よりまだましさ
声も出ないね

星の嘆きを集める
天体の嘆きを集める
神様達の嘆きを集める
かってでた仕事だ
さあ　宇宙航路へ
さあ　宇宙航路へ

幸せな村

幸せな村の入り口で
ぶたれたアヒルの親子を知る
危険な罠がしかけられている
0点のテスト用紙が捨てられている
子供が親に見せないためだ

カボチャ畑にカボチャ泥棒がいる
小さなものを選んでいる
ズッキーニが切られる
淡白な音で
サラダが山盛りである

広い郊外の団地に
洗濯したばかりの服に着がえた男をたずね
書類を手渡す

真面目に応じる
アヒルが走って庭に入って来る
テレビのアンテナに見入る
パチンと何かがひらめき手をたたく
安全な小道を選びかばんを肩にかけ走る
番地についてはその後の宿題とした
幸せな村は地図で折りたたまれて
どこにあるのかわからない

気持ちの整理

安全確認
時間厳守
整理整頓
安全第一
約束実行
挙手起立

月とスッポン

スッポンは悩んだ
どうして悪い方の代表なのだろう
スッポンは亀に相談した
亀さんはよい方の代表だろう　いいなあ

スッポンさんスッポンさん　スッポンさんは……フフッ……
スッポンは少し狼狽した
亀さんも悪い方もあるか……

スッポンさんスッポンさん　ほれ　月……
月を望むスッポンの首がぐぐう〜っと　していた

燕の願い

燕は海をこえるのがめんどうになってきていた
　もう定住して静かな落ち着いた生活がしたいわ
燕は雀に相談した
雀ちゃんはいいのねえ　あそことここで過ごしていればいいのでしょう
なにいってんのよ
あたしだって鼠を見るような白い目でみられること
だってあるのよっ

燕と雀はペンキ塗りたてのベンチに座って話していたので
カナリアに変身して飛んで行ってしまった

早苗物語

いななく馬の背後より
幾重にもしばられた人質の王子が
きつくまとわりつく　リボンの一本をはずし
美しく空へ投げた
人々はそう感じた

あんな王子のことは忘れなさい
村はずれの農民のいえの
末娘の黒髪のリボンに
見覚えのある者はいない

二十年後――
国王の背後より一頭の馬がふいに草地をかけた
馬は小川を越え橋を越える
追いかけた者の話によると

――一人の醜い女の前で足ぶみをしていた

秋の収穫は季節よりもさらにさらに
重く畑の働く人たちを秋色に染めていく
そんな夕暮れ――
醜い女が平野の向こうに冬雲の来襲をみた
収穫した物が背に載るまで

著者プロフィール

山口 弘之（やまぐち ひろゆき）

1952年生まれ
山梨県出身
『逸見道韮葉城城下伝奇集　踏切を物語が通過中　巻七』
（筆名：山口平良　日本文学館　2009年）
『無臭の光』（筆名：山口平良　文芸社　2010年）
詩集『個人的に新記録』（筆名：山口一歩　日本文学館　2013年）

スパイダー　スクロール

2013年10月15日　初版第１刷発行

著　者　山口 弘之
発行者　瓜谷 綱延
発行所　株式会社文芸社
〒160-0022　東京都新宿区新宿1－10－1
電話　03-5369-3060（編集）
03-5369-2299（販売）

印刷所　株式会社平河工業社

ISBN978-4-286-14113-8